LA I. II. ET III. PARTIE

DE LA

MUSE NORMANDE:

OU

RECUEIL

DE

PLUSIEURS OUVRAGES

FACECIEUX,

En Langue Purinique ou gros Normand.

À ROUEN;

Chez la Veuve OURSEL, ruë Ecuyere;
à l'Imprimerie du Levant.

AVEC PERMISSION.

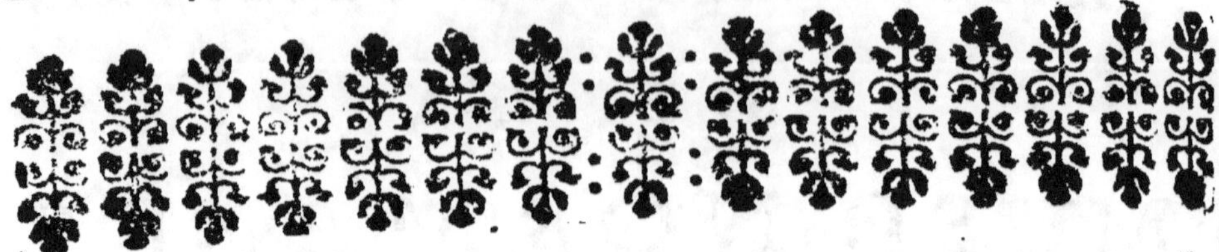

CANT RYAL.

L E jour de l'An étant en fantasie,
Devers su Quai je lorine mes pas,
Je déchendis par ste Pessonnerie,
Où je trouvis bien grande compagnie,
De nos Drapiez luquant ses armanacs.
    Bien qu'endeve-je passe & je repasse,
Comme un fagot avec eux je me tasse,
Po ir y écouter leur flagornement,
Et à leu dits prosner queuque replique,
Quand j'aperchus avecq étonnement,
Jeansenius au rang des Hérétiques.

    Je disois lors où tend telle folie,
Quay estchela, un ballet des jours gras,
Ou un poutrait de queuque Conmédie,
De mettre un homme au rang de l'hérésie,
Qui n'y a pensé jusqu'au pu petit cas.
    Stimage fit qu'en men sens je ramasse,
Disant, faut-il qu'un tieul tort note fasse,
Pui refourrant lors me n'entendement,
Je dis ce sont queuques esprits frénetiques,
Qu'ont fait graver malicieusement
Jeansenius au rang des Héretiques.

    Calvin, Luter, monstres d'apostasies,
Bref de tous ceux dont ils font un amas,
Ont fait connoître leurs assez perfidies,
La détesté même à sen trépas.
    En docte il a jargonné de la grace,

Le devet-on fourrer en tieule place,
Il a submis cet œuvre entierement,
Sous la censure & les Loix Canoniques,
Et pourquai dont vairai-je injustement,
Jeansenius au rang des Hérétiques.

Stila qui tient ainchi la Monarchie,
Qui de l'Eglise apaise les combats,
Cet œuvre ayant vû par cérémonie,
Par le luqueux de telle Hierarchie,
Par chinq points a mis fin à tieux debats.

Bien qui sen foudre il jette ou qu'il menace
Il ne la mis dans une tieule classe,
Son ordre saint marche plus prudemment,
Il a sait comme on fait aux domestiques,
Par la censure, & n'a mis nullement
Jeansenius au rang des Hérétiques.

Queret donc fait une tieule peinture,
Et mis au jour ce malheureux tracas,
Che n'est pas là un point de mocquerie,
Chela provient de queuque dieblerie,
Qui sourdement a fait tieul sabat à cas.

Toûjours le diable a des gens de race,
Ou bien de ceux qui tient dedans sa nasse,
Qui leuz effets font vair évidemment,
Nommons ces pestes de Républiques,
Qui ont figure sans sujet nullement,
Jeansenius au rang des Hérétiques.

❋❋❋❋❋❋❋❋❋❋❋❋❋❋❋❋❋❋❋

Lettre de la bonne femme Jacqueline, tou-
chant les grands vents qu'il a fait
cette année.

STANCES.

ROBERT, je t'écrivons, cheſt pour no y
     excuſer,
De n'avoir été vair comme avet dit ten pere,
J'avons eu du depis bien à no delouſer,
Des vens qui t'ont ruïné ſte ſemaine derniere.
Las ! men povre fieux tu verras tout changai,
Quand tu nous viendras vair à ces prochai-
     nes Fêtes,
Le Curai qu'eſt bien vieux, dit depuis qu'il
     eſt nai
Qui n'a point encor vû une tieulle tempête ;
Su vent découvrit la chambre où je cou-
     chions.
Y j'a tout abatu l'étable à notte Vaque,
Su petit apenti où étoit nos cochons,
Notte petit fouret où parfais tu te plaque.
     No me vayoit pu brin quand ce mal arrivi,
De malu je n'avions ni greſſet, ni candelle,
Tout épapelodi ten pere ſe levit,
Qu'en allit emprunter queu ta tante Noüelle,
Y venant, la muchant o font de ſen capel,
De pur de ſoufler durant ſu tintamare,
Mais y ſe laiſſit quaix dans un grand putel,
Que la plie avoit fait au bout de notte barre,
Je courus l'oyant braire oſſi-tôt qu'il fut qu,
Ta Tante y vint ètou avec d'autre candelle,
Je trouvons ſu pauvre homme etalé ſur le cu

Qu'avet déja liau jufques deffous l'effelle.

Etant débrenaiquai & quafi comme fos,
je cherchons nos cochons éfritez par ftorage,
Aprechant j'avifon ces chinq povres petiots,
Qui grelaift de pur au coin de leur étable.

Mais y fe porte bien, n'y a que le petit,
A qui j'avions clinchai fa gambe qui baloque,
Mais que tu fais venu, fi tu as bon apétit,
Je le mettron pour tai au travers de notte
      broque.

Et qui pis notre Vaque étant de fen côté,
Toute plate abatuë o mitan de l'étable,
De l'anhan qu'a rechut a l'en a avorté,
Et cheft chen qui n'ozeft encor pu coutiable.
J'avons dans notte clos fix gros arbres abatus,
Et notte grand périer a zu de belles breques;
Pour ten mêlier du coin tu ne la verras pus,
Tu pouvois bien aten en manger des pu ble-
      ques.

Le tonnerre & le vent a offi éclaté
Storme qu'eft o carfour de ta coufine Jane,
Le moulin à Monfieu, eft tout rez emporté,
Et depis on a vû le Monnier, ni fe n'afne.

Ly a bien pu de maux que je ne t'écrivon,
Mais je ne grémiffons feulement que du
      notte.

Men fieux pour te garder le refte que j'avon,
Il te faut tous les fairs dire ta Patenofte.

Va, je fongeon pour tai encor que tu ni
      fais,
Ten pere ta promis, donner à Zeriviere,
Un biau capel tout gris & une pere de brès,
Et un porpoin tout neuf ouvert par le driere.

A

Lettre missive de la bonne mere Macette, à son fieux Drien Roquelore, étudiant au Collége de l'Archevéché, & demeurant en chambre garnie, entre le mont S. Denis & les Chambres où l'on fait K K.

ROquelore men fieux , me n'amour , me
　　n'amourette ,
Tu fais bien poy de cas de ste Nante perrete ,
Et mains encor de may , je t'ai chent fais écrit
Sans saver rien bouter dans leu dieure d'esprit.
　Tu vis engernement , tu nas pu souvenanche
Du mal que j'ai pour tai ni de ma doulianche ,
Tu vas dans ces gardins joüer au cochonnet ,
Ou delurdant le cu ainsi qu'un Sansonnet.
　Tu redreche ta pente à ta boule écapée ,
Un tonniau qui se tient vers ste ruë Etoupée ,
Disoit détrainement au vesin Gaudichon ,
Que tu ne sais jamais un brin de ta lichon.
　Mais pour te vair jarquai à la callifour-
　　quette ,
Dans un batiau de vin pour faire la trampete ,
Pour faire le caheutre , & t'assies su de zais ,
Tout terquais de goutran pour chandorer
　　tes brais ,
Tu ne fais que la biche , & encor che qui
　　boutte
La mort dedans men cœur , cheft que je vai
　　pu gourte ,
Et mes ans & mes zieux par trop de fauchez ,
Pour contre tes zabits qui sont si dépichez.
Vla ten nez bien camu men povre Requelore ,
Par ma fai te vla prins ainchi que le More ,
Ten pere sen labite & est pu sec que bois ,
Tant il en courchai hier en mangeant des pois

Nlaissit quair sa soupe au milieu de note aire,
Et pour tout son soupé il mangit qu'une paire,
Che n'est lpu qu'une atelle, & iles détrains
    propos,
Qu'on li a jergonnais le font pire que fos.
    Est y vrai que tu as relanqui au Collége,
Pour aller asteurchi prendre un autre triege,
Que le nouviau Docteur de ten Archevêché;
J'usse vendu men roüet & men bon creveche,
Ou bien men gardecu, ou bien ma forte pieche
Pour t'avair des souliers; mais tu n'en auras
    piéche,
Agette si tu veux un pere de cabos,
Pour aller tout ten sous pêquer dans ces bos.
    Si je pouvais savair les matins & les tritres,
Qui te font degriner ainchi les Jesuistes,
Qui ton si bien aprins & si bien commenchai,
Je leu romprai le cos, ils t'euche avanchai,
De l'état d'un fesseux qui va quitter sa plache;
Car che n'est qu'une emplatre & la vieille gri-
    mache,
Fait greloter de pus tous ses povres Regens,
Quant y tien san baton & qui grinche les dents.
    Tu a bien zu mal à sonner leu cloces,
A laver privais, & à tourner leu broques,
Mais aussi tu dinais de la soupe au naviaux,
De bonne moruë seque, & bien d'autres
    morciaux.
    Si voulest queuquefais faire une tragédie,
Tu étais le premier à drecher l'etablie,
A bien fiquer un clou, & tu avois l'honneur
D'être un dès estelins, tant que tu est bon
    Acteur.
    On te baillit autant à un Roi pour sa garde,
Tu te piquais si bien avec ta hallebarde,

Sans faillir un feul mot, qu'un chacun te loüet,
Et difet à par fey , par ma fey l'on dit
Que cheft un Corporal qui range les gen-
    dermes ,
Tant il a bonne morgue bien porter le zermes.
O rains il te fera bien cerrement apos.
O cha palon raifon , eft tu pas un grand fos,
De quitter les biautez d'un fi rage collége ,
Et prendre les lichons d'une école de nége.
Cheft ainchi qu'un quidan l'apelit avantiers ,
Tu fefais'pu de chenti& pu de chent métiers,
Tu fonais le premier , tu mouquais les can-
    delles ,
Tu reclouais les bancs,tu drechais les équelles
Tu étais meffager , tu étais balieux ,
Et bien-tôt on devait t'élire pour feffeux ;
Pis peut être après no t'eut mis de la bande,
Tel eft valet orains qui par après commande.
Adieu men povre fieux , ne fois point fi cour-
    chai
Luifan chet écritel à demi défauchai ,
De liau qui va quechant ainchi qu'u ne avalaffe
De mes zieux fur men nais tout auffi frais
    que glace.
    Je de t'abeutir , va , va , rien n'eft gâtai,
Tâche de tavancher , je merquemande à tai,
J'allon bailler ta Sœu à mariage
Au grand Paquet de Rivier , cheft un bon
    parentage,
Vien nos vais dans huit jours , ou bien fi tu
    ne veux ,
Au mains enfeigne nous un bon meneftrieux
Je tenvaye chinq pains qui font bien haut en
    mie ,
Pour vivre quinze jours dans ta chambre
    guernie.

Complainte des habitans de S. Nicaise
sur la perte de leur Boise.

Prochez-vous mes bons Purins,
Drapiers & faiseurs de gardins,
Marchands d'euïllets & de franboises :
Ticherans, Tondeux & Epincheux,
Pigneux, Lagneux & Epluqueux,
Venez lamenter notte Boise.

Que che nos est grand malhur,
Et un regret au cœur bien dur,
Que de vais maintenant ravie,
Notte Boise d'antiquitai,
Notte Siége de véritai,
L'honneur de la Purinerie.

Il y avet bien quatre chans ans ,
Que nos ayeux & nos peres grands ,
L'avais près du plat établie ,
Afin d'y faire préfider
Nos Anciens , pour y accorder
Les difcords de la Draperie.

   Ce qui fe paffet de pu bel ,
Tout che qui eftet de nouvel ,
Etet déranglé le Dimanche ,
Où chacun venet volontiers
Sur la Boife de nos Quartiers ;
Pour y prononcer fa Sentence.

   No zy palet le pu fouvent
De la guerre de Montauban ,
De Languedoc & de Saintonge ;
Ft pis quand deffus elle on mentet ,
La povre Boife s'éclatet ,
Ne pouvant fouffrir de menfonge.

   Ainchi s'en retourneft honteux ,
Ces plante bourdes , ces menteux ,
Le nais camard , la fache blême ;
Pis quand un autre s'y boutet ,
Qui la vérité racontet ,
Elle fe refermet fet même.

   Elle avet vû vingt-chinq Rais ,
Et le ravage des Anglais ,
Du tems de feanne la Pucelle ;
Et combien que dans Roüen ,
Firent biaucoup de detriment ,
Ils ne s'adrechirent à elle.

   A l'avet vû les grands Hyvers ,

Rigoureux , facheux & divers ,
Quo zu de bois grande difete ,
Niaumains la néceffitai ,
Jamais homme n'avet ozaï
En écarter une boifette.

    Durant la prife dé Roüen ,
Il y a foixante & un an ,
 A vit la guerre & le ravage ,
Et le fiége il y a trente ans ,
Et biaucoup d'autres mauvais tems
Sans qu'on l'y fit tant de domage.

    De vrai pour être en repos ,
Les pu hupez de notte enclos ,
Arretirent qu'à faint Nigaife ,
No la mettret pu furrement ,
Chen qui fut fait incontinent ,
Pour n'en être point à m l aife.

    Mais en Janvier le fraidureux ,
En l'an mil fix chens vingt-deux ,
La povre Boife fut ravie ,
Par les enfans de faint Godard ,
S'étant expofez au hazard ,
De faire une tieule entreprife.

    Notez donc que ces brelingans ,
S'en vindrent ermez jufqu'o dents ,
Etant de garde à faint Hilaire ,
Qieuque petiot après minuit ,
Pour no commettre un tieul depit ,
Et fi grand déplaifir no faire.

    Etant tout vis-à-vis du Plat ,
Y fe fit affez biau fabat ,

Faisant samblant de s'entrebattre ;
Craignant que queuqu'un ne sortir ;
Et que no n'aperchut, & vit
Un si grand & facheux desastre.

    Aveuc de ciertain instrumens,
Y l'ont rompu les ferremens,
De qui a l'étet étaquée,
Par trois endrairs de la maison ;
Car d'une terrible fachon,
A ly avet été fiquée.

    Quand a fut o mains des Tyrans ;
Y s'en allest tretous hallans,
Aveuc de grands branches de meuches ;
Et si étest pu réjoüis,
Pu joyeux, & pu régaudis
Que s'ils euchent été de Neuches.

    Mais su le tard un Chavetier,
Mit l'alerme à notte quartier,
Dont j'entr'onime la hemée,
Pis je no levon d'un plein saut ;
Criant près eux araux, araux,
Aveuque une voix effrayée.

    Mais y fesest des dessous ;
Aveuc leur coutelas tous nus,
Usant de chent mille menaches ;
Et nous étans un ptiot poultrons,
Je retournons à nos maisons,
Et délaissime la pourcache.

    O corps de garde le lendemain ;
J'allime à mouchel pour certain,
Où je vime, ô douleur amere,

Notte povre Boise brûler ;
Mais nos boutons à quereller ;
On no fit reculer arriere.

Mais j'en attrapime un morcel ;
Qui fut départi o troupel ,
Comme une relique bien grande ;
Aveuq defir de s'en vanger ,
Et cette garde facager ,
Le fai en revenant par bande.

A huit heures ou environ ,
Par mouchiaux je nozaffemblon ;
Le premier à la Croix de pierre ,
Un autre à la ruë Fleuriguet ,
Le troifiéme faifet le guet
O Plat pour leur livrer la guerre.

Mais il avint bien autrement ,
Car par la ruë faint Vivian ,
La compagnie fut menée :
Mais quai je no voyons trempes ;
En gros je fommes devalez ,
Aval la ruë de l'Epée.

Chacun de nou criet , araut , araut ;
Tuë , tuë , aux zermes , à l'affaut ,
En faifant un grand tintamare :
Mais leu Capitaine à l'inftant ,
Sa grande épée dégainant ,
Entr'eux & nou fervit de barre.

Retirez vous , dit il , Purins ;
Voulez vous faire les mutins ,
Et troubler notte République ;
Si chacun de vous ne fe te ,

Vo serez à coup de mousquet
Recachez dedans vos boutiques.
    Quand j'attendimes chest propos ;
Chacun de nous tourna le dos,
Craignant queuque machacre étrange
Aveuque desir niaumains
D'en venir queuque jour o mains ;
Pour en prendre notre revange.
    Donc qu'o mette o Kalendrier ;
Qu'o dix-huitiéme de Janvier,
Fut prins & ravi notte Boise :
Boise dont j'étions pu jalous,
Et pu glorieux entre nous,
Que Roüen n'est de George d'Amboise

Le bout de l'an de la Boise.

Dieu te garde men povre Fleuran ;
Et bien comment se porte nen,
Quesche qui roule à ta chervelle ?
Tu me semble tout effritai,
As-tu oüi pâler su su Quai
De queuque piteuse nouvelle ?
    Bertin, si je sieux marmiteux ;
Tout déconfit & roupieux,
Ne ten boute point à malaise,
Chest que je sieux tout débauché ;
D'avoir vû tout chacun courché
Là haut à notte saint Nigaise.
    Dit mai, Fleuran, sans le cheler ;
Qu'est-che qui l'ont à leu delouser ;

Ont ty émouvé queuque noife ?
Nenni , Drien , en vérité ,
Y pleurant par folennité ,
Le bout de l'An de notre Boife.

Certainement le jour faintPos ,
J'entr'oüis o près du grand Clos ,
Du fabat comme queuque alerme ,
Mais j'aperchus étant o bout ,
Un troupel de femmes en couroux ,
Pleurant tretoutes à caudes.

Le bon homme nommé Drian ,
S'aprochant d'eux tout doucement ,
Demande pour qui cheft qu'on crie ﹖
Drian , fe l'y dit Marion ,
Il y a un an , ou environ ,
Que notre Boife fût ravie.

Chamon fe fit quant & quant ,
Che fut les muguets d'arrogans ,
De faint Godard étant de garde ,
Pas tant pour s'en vouloir cauffer ﹖
Comme pour faire furlufer ,
Nous & toute notre brigarbe.

Su men ame , fe dit Gervais ,
Je n'oublirais hela jamais
Le cœur m'en créve quand j'y penfe ﹖
Car y l'ont fait tout en efcient ,
Veyant que j'avions grandement
Ste povre Boife en révérenche.

La grande Cateline dit vrayement ,
J'ai tant pleuré depuis un an
Que je ne vais tantôt pu goute .

Le faiquant je sieux à l'hôtel
Pensant avaler un morcel ,
Je laisse quais ma pauvre soupe
   Alexis se grand épluqueux ,
Diset en fesant du plureux ,
Je ne serois manger ni baire ,
En mémoire de la douleur ,
Me fait tomber de ma hauteur ;
Parfais o mitan de me naire.

   Mai qui écoutoit les clameurs ,
Leu doulianches & leu pleurs,
Je dis en veyant leu grimache ,
Quest quo zavey à vo faché ?
Pis qu'ouzai pour vo zafficher,
Une Boise neuve à sa plache.

   Il s'aprochent de mai en gros ,
Furlufez ainchi que des coqs,
Qui ont mangé de la totée ;
Disant que j'étais titre en cœur ,
Si je n'avais queuque douleur ,
De la povre Boise brulée.
   Che n'est pas , ce me firent ti ;
Pour le grand argent qu'avalit ,
Futa de Quesne ou Haistre ?
Car si j'en avons du regret,
Che n'est point pour autre sujet ;
Qu'a ly vener de nos Ancêtres.

   Pourquai estche, se dit Lubin ;
Que je courume le matin,
Qu'a fut brûlaye à saint Hilaire ;
Dont chacun en eût un coipel ,

Etant féparée au troupel ,
Si che n'eſt que no la révére.

J'en réſerve m'en coipelet ,
Dedans un petit drapelet ,
Se dit la bonne mere Yvonne :
J'en vendrois pûtôt men corſet ,
Ma cremillée & men greſſet ,
Qua je l'engagiſſe à perſonne.

Pour la Boiſe neuve fita ,
Je n'en fais à nen pu d'état
Que d'une quaire quo zemprunte ;
Car no za biau deſſus mentir ,
Premié que no la vaye ouvrir ,
Ainchi que la pauvre défunte.

Se dis la femme o vieux Lucas ,
En jurant par ſaint Nicolas ,
Depis qu'à l'eſt y la fiquée ,
Oncore qu'il y ait un an ,
Je n'ai daigné tant ſeulement
M'y être une fais aſſichée.

Mort de mal , ce dit Jeufrai ,
Aliſon je te ſçai bon grai ,
Pis qu'on y boutoit point la preſſe ,
Je ne m'y fiais tout a nen pu ,
Car je quirais pu toſt deſſu ,
Que d'y plaquer jamais mes feſſes.

Che n'eſt pour dénigrer en rien ,
Cheux qui no zont fait tant de bien ,
Qué de no laver envayée ,
Mais cheſt pour faire bigoter ,

Un cu gelai de Chavetier,
Qui n'a pas l'autre bien gaidée.
    Par sainte Bargue, dit Anez,
Je lieusse baillé su sen nez,
Une fais en portant ma pate ;
Mais le nigon s'allit mucher,
Cheft pourquai j'allis étriquer
Dans le tenel tout ses chavates.
    Pouvions-je aver un pu grand mal,
Que de perdre le Tribunal
De la vérité toute pure ;
Cheft pourquai je porton le deüil:
Le nais chandreux, la lerme à l'œil,
Pour avoir rechu rieule injure.
    Quand j'y pense le cœur me faut,
Ce dit le bon homme Tibaut,
Et si la chervelle m'éluge,
Songeant à se nantiquitai,
Je crais pour toute véritai,
Qu'à l'étet du tems du Déluge.
    Hélas ! chetet un parement,
Que je gardions tant cherement,
Oncor qu'un qu'aucun s'en moque,
Car à l'avet si grande vertu,
Que quand no zy plaque sen cu ,
Il guérissoit bien tôt des broques.
    Ste Boise chere , dit Marion,
N'auroit jamais un tieul renom,
Que la pauvre premiere Boise :
Si pu grande quemodité ,
Cheft que no zy vendra en Eté
Des groiselles & des framboises.
    N'en pâlon pû , ce dit Cartel,
Et no zen allon à l'hôtel ;
Mais il faut croire en assuranche,

Que Dien punira toſt o tard,
Cheſt godeluriaux de ſaint Godard,
Si n'en font grande penitence.

Le Cauchonnet, ou jeu de boule.

QUe fais tu locque compere Blaiſe,
Tu te cauffe bien à te naiſe,
En cajolant ten Sanſonnet ;
Vien ten vair joüer o Cochonnet.
  Cheſt le pu biau jeu qu'on ſeroit dire,
Je m'égueule par fais de rire,
De vais cheſt hommes & cheſt garchons,
Qui vos baillent tant de fachons.
  Car quand y l'ont làché leu boule,
Y la guigne quand à roule,
Veyant qu'a ne va du coſté
Où la pente y l'aveſt boutée.
  Y font mille fachons de faire,
No leu verra la langue traire,
Tendre les pieds, grincher les dents,
Croiſer les gambes en dedans,
Et ſe racrampir en arriere,
Contrefere le Pantalon,
D'une aſſez drole fachon.
  Un autre déteurdant lafeſſe,
Dit à ſa boule, va tritreſſe,
Avanche tai double putain,
Oüi-da à marchera demain.
  La double quienne eſt demeurée
Mais voyez où à s'eſt fiquée,
Et ſi j'avois bouté tout dret,
Ma pente ſu ſu Cochonnet.
  Tantot radouchiſſant en ſtile,
Ly criera demeure ma fille,
Bon, mordienne vla un caillon,

Qui la fait chiais dedans un trou.

Qu'est qui l'a ? jouez tout que vaille,
Non ferai , attendez que j'y aille :
Joüe Robin , gagne Gervais ,
Pousse tout du long de la hais.

Chest bien joüé , je l'avons à quatre;
Toubiau , toubiau , j'en veux rabattre,
Tu n'en as qu'un méchant crochu :
Tien , mesure avec su fêtu.

Non ferai pardienne , apreche Pierre,
Ten gartier en fera la déferre ;
Je la pers , cha venez à bons ,
Vo y avez biau par dans ces fons.

Te vla planté comme un yvire ,
Oncore s'égueule-ty de rire ,
Hola , as-tu tant vezinai ,
Qu'à la fin tu leu as donnai.

Maugrébleu du dos de vignole ,
Qui avet si biau par ste rigole ;
Mais que te sert d'être engagné ,
Je suis annuit tous éborgné.

O la , la , rejoüe un autre ,
Jette le Cauchonnet au piautre ;
Pousse fort tai petit Thomas ,
Su loutiquet n'a point de bras.

Sa boule roule en affolée ,
A l'étet pourtant bien joüée ,
Non fait , si fait , chest qui s'est fait ,
A pardienne il y a du renchaint.

Il est tou dessus, o y taite,
Megré bleu du foulard qui pette ,
Qui su gros poufre de Vinchent ,
Il en a déja fait peu d'un chent.

Car il est si gravé qu'il creve ,
Vous diriez d'un Ange de Gréve :

La , la , pensons à notre jeu ,
Gagne lai tai petit Mathieu.
  Que ferai-je là ? & débute ,
Tout de volée par ste bute ,
Maugrez bleu soit des tignons ,
Qui trahissent leu compagnons.
  Las si j'en ai touché parole ,
Je veux que la froide cagnole
Me pisse rompre devant tai ,
Bien , bien , n'en palon pu , tais tai.
  Joüe bien Cardln , je t'en prie ,
Chest ichite un coup de partie ,
Par la mordienne tu a biau ,
Mais ceurai de su flaquet d'iau.
  Pardi ma boule est dans la merde ,
Chest tout un , le zautres le perde ,
Chest fait , chest fait , & pour le sur
Ste merde là a porté bonhur.

*L'Auteur fait voir la misere & la calamité de
la guerre , sous la description d'un Soldat dé-
valisé revenant de la guerre de la Valtoline.*

CHANT RYAL.

PRès de men feu je men musais à luire ,
  Me 'n'Almanal fait par Claude Morel ,
Quand j'entendis entrer Boute tout cuire ,
Qui dit , Drian quitte ten queminel ,
Vien aveu mai , prens vite ten mantel.
  Chest au grand Clos , allons zi baire à loque ,
Allons , li fis je , allons par notte hoque.
J'ai encor chi quatre sous pour risser ?
Nous à la table chacun videt san verre ,
  Quant tout croté vint no zécornisler
Le grand Colas récapé de la guerre ,

Un grand plumar deſſus ſa tirelire,
Etoit fiqué enchi qu'en un coupel ;
Cheſt brelingans revennent de ſaint Gire,
Choquant leu brus, leu lequant le morvel,
De gros toufiaux plaquez à leu capel.
   Leu Caſaquin étet en pendeloque,
Pis ſa ceinture en équerpe mal propre,
Sa grande rapiere à ſen côtai de fer,
Ses brais de cuit l'y bateſt juſqu'à terre,
En ton pas dit du grand diantre d'enfer,
Le grand Colas récapé de la geuerre.
 Su grand falot quant il eu bu biau iSre,
Tamquam ſponſus de notre vin nouvel,
May & Bertran, je venons à ly dire,
Ne terque point tant les cros de ten muzel,
Derangle nou tou che qu'as vû de bel.
   Ha queu pitai, Bertran no exembroque,
Comme haran quant y vient qu'on fi choque
No n'entend rien que des boulets troter,
Tou pou, pe ou tou y font un drait tonnerre,
O qu'on n'avoit garde d'oüir peter,
Le grand Colas récapé de la guerre.
   Le Cam va bien, tout le pu grand martire
Cheſt que le bois ne s'y brûle à huvel,
Pour bien dîner l'y a toüjours à frire :
J'y vis la Haye, la Fleur & le gros Michel,
Tous bons garchons du quartier du Ponchel
   No tirerai deſſus une freloque,
   Quand queuq'un ſort, bien-tôt on le me-
          choque,
   J'en tremble oncor, quant m'y falet aller,
   J'euſſe voulu être dans l'Angleterre,
   Auſſi cela fit bien-tôt dénicher
   Le gtand Colas récapé de la guerre.
      O zaſſiégez y ne tien brin de rire,

Le pain d'avaine est le meilleur tourtel,
Y sçavent qui n'étoit que du pire,
Et cheux qui n'ont eu part à leu gâtel,
Voudrais n'aver bougé de leu Hôtel,
   Notre Ray asteure ne s'afroque,
De plusieurs gens qui ont fait tu te mocque,
No ne les vait pu près ly caqueter,
Il sçait assez qu'on l'y en faisoit à craire ?
Aincbi parlet tout durant le goûter,
Le grand Colas récapé de la guerre.

Ste Missive ses donné à Coïlin Hognon, fieux de
Girôme Hugnon, yeucolier yeutudiaut à Roüen,
demeurant queux Jérémie Grimaux, Carleur,
à la ruë par où l'on passe quand o va o Cam du
Pardon, un ptiot pu haut que le Coq.

STANCES.

COlin, men petit fieux, & que men cœur
      souhaite,
Que j'aime pu chen fais qu'une vaque sea
      viau,
Je t'envaye su libel par ta Tante Perrette,
De chen qui s'est passé ichite de nouviau.
Chest que détrainement je fûmes de neuches
Ten pere & mai aussi, & ten cousin Vinchent
Et ten frerot Girôme, & ta petite Nieuche,
Et biaucoup d'autres encor, car j'étions plus
      d'un chent,
   Aga chetet, crai mai, ta cousine Massée,
Qui épousoir le fieux à ten Parain Colin,
Où un chaqu'un diset qu'à ne seroit trompée
Chest le meilleur garchon qui set o Bour-
      baudouin.
A l'en aimet un autre apellé Tête plée,

Qui est fieux, che dit-on, d'un riche Labou-
reux,
A ne la voulu point, quai ca l'en fut fianchée
A cose qu'il avet le nez toujou morveux.
O Samedi o sai no zen fit les fiancailles,
Et *Monsieu* le Curai qui les fianchit; tou deux
Et pi dans leu maison je fimes gogailles,
Aveuque du tourtel qu'étet pétri o zeux.
Lendemain matin le Curai les marie,
La bru se maranet aveu les biaux zabits,
A l'avet le colier à Jane Fessemine,
No zu dit à la vais que chetet des rubis.
Je ramenon la bru tou dret queu sen biau
pere,
Là o no zavet dit que je devions dîner,
Mais tout auparavant que de faire la chere,
Chest qu'un chacun de ren se mit à étrener.
J'étrenime un greffet & une grande marmite,
Et ten cousin Penot un grand pot à pisser;
Ma commere une gatte & une lechefrite,
Te noncle deux cabots & deux quenets de fer
Pour ta Tante Alison étrenit sa caudiere,
Et cinq sou & demi pour aver un gredil,
La Maraine Loranche étrenit sa sauniere,
Un pot , un plat, un siau , une broque, un
fusil.
Quant no zume étrenai . fimes la ripaille,
Il y avet des pois , & du lard o poriaux ,
Des morciaux de bœuf, ni avet point de vo-
lailles,
Il y avet des zeufs, des feves & des naviaux.

F I N.

CATÉCHISME

DES

NORMANDS.

CATECHISME

DES

NORMANDS,

Composé par un Docteur de Paris.

D. **E**Tes-vous Normand ?

R. Oüi, par la grace de ma naiſſance & par la grace de mon intrigue.

D. Qui eſt celui qu'on doit apeller Normand ?

R. C'eſt celui lequel étant né d'un Pere Normand, naturellement in-triguant, fait profeſſion exacte d'une intrigue diſſimulée.

D. Qu'eſt-ce que l'intrigue diſſimulée ?

R. C'eſt celle que le Normand a apris de ſes Ancêtres, & qui la communique de Pere en Fils ?

D. Eſt-il néceſſaire au Normand d'a-

voir cette intrigue dissimulée ?

R. Oüi , s'il ne veut agir contre l'indignation naturelle de la nation Normanique.

Du Signe du Normand.

D. Quel est le signe du Normand ?

R. C'est d'être toûjours prêt à faire de faux sermens en faveur de celui qui lui donne le plus d'argent.

D. Comment fait-il le signe ?

R. En tenant ses mains dessus sa tête pour affirmer plus hardiment le faux serment qu'il fait pour vil prix ; & les rabaissant lorsqu'on lui fait offre de plus d'argent qu'il n'en a reçû pour les lever , afin d'affirmer effrontément le contraire de son premier serment.

D. Pourquoi fait-il le signe de la sorte ?

R. Pour tromper & décevoir ceux qui ont confiance en ce signe , auquel il prend plaisir.

D. Quand le Normand fait-il le signe ?

R. Depuis son berceau jusqu'au

dernier foupir de fa vie.

De la fin du Normand.

D. Qael eſt la fin du Normand ?

R. C'eſt de trahir ſes plus grands amis.

D. En quoi conſiſte le deſſein du Normand ?

R. Il conſiſte à établir ſa fortune aux dépens du bien d'autrui & de l'honneur du Prochain, ſans épargner ſacré ni profane.

Des moyens de parvenir à cette fin

D. Par quels moyens parvient-il à cette fin ?

R. Par quatre moyens ; ſçavoir, l'infidèlité, tromperie, haine, & méchantes actions.

D. Qu'entendez vous par l'infidèlité ?

R. J'entens que le Normand ne garde jamais la parole qu'il a promiſe.

D. Que devons-nous croire du Normand ?

R. Que c'est le plus grand fourbe du monde.

D. *Expliquez-nous ce mot de fourbe?*

R. C'est-à dire, qu'il est naturelement trompeur.

D. *Comment trompeur?*

R. C'est en proférant des paroles contraires aux penſées de ſon cœur, loüant par paroles ceux qu'il blâme en, lui même, flâtant & careſſant ceux qu'il aime le moins, baiſant ceux qu'il déchire par ſes fauſſes impoſtures comme un Judas, aplaudiſſant les diſcours d'autrui, pour exciter à les continuer, afin d'en tirer une mauvaiſe conſéquence.

D. *Vous dites que le Normand parvient à la haine?*

R. Oüi, mais il faut entendre comment, parce que quand le Normand haït quelqu'un, il ne lui découvre pas ſa haine ouvertement; au contraire, il la diſſimule & retient dans ſon cœur, il

... te & lotte celui qu'il haït le plus, & le baiser du Normand est un véritable signe de la haine qu'il a dans son cœur.

D. Si le Normand retient la haine dans son cœur, il ne fait aucune méchante action au dehors pour parvenir à la fin ?

R. Pardonnez moi, car les mauvaises actions du Normand ne paroisse au dehors, que lorsqu'il s'aperçoit que facilement elles pouroient servir à son dessein.

D. Le Normand manifeste donc ses mauvaises actions ?

R. Il les manifeste le moins qu'il peut, car il les commet toûjours de bonne intention, disant qu'il ne cherche que la gloire de Dieu, que le profit & utilité spirituelle de son Prochain, & que tout ce qu'il fait provient de son grand zèle seulement.

D. Comment fait-il ces mauvaises actions par ces moyens-là ?

R. Non-seulement, car quand il a proféré des paroles indiscrétes & calomnieuses. Ah ! qu'il fait de méchantes actions : il les impute à des personnes innocentes, & pour les faire croire véritables, il sollicite par promesse & argent.

De l'espérance du Normand.

D. Quelle est l'espérance du Normand?
R. C'est de s'élever au-dessus des autres.
D. Comment ?
R. En paroissant au-dehors homme de bien, dévot, sincere, obligent, doux comme un Agneau, quoiqu'il soit au-dedans un Loup ravissant, ingrat, fourbe, indévot, méchant ; en un mot, un très grand hypocrite, & un sépulchre blanchi.
D. Comment ?
R. C'est en imposant de faux crimes à ceux qui occupent les Charges, étant amis, auxquelles ils aspirent

aspirent, faisant de fausses attes-
tations, certificats & autres pie-
ces d'écritures qu'ils font signer
par de faux témoins, pour faire
entendre que ce qu'ils disent est
véritable.

D. *Comment connoissez-vous cela ?*
R. Je le connois en ce qu'il a beaucoup d'amour pour sa personne &
ses propres intérêts, & point du
tout pour son Prochain.

Les bonnes œuvres du Normand.

D. *Si le Normand n'a point de chari-*
té pour son Prochain, il ne fait donc
aucune bonne œuvre à l'égard de son
Prochain ?
R. Aucunes à la vérité ; mais toutes méchantes, conformément
aux dix Commandemens qu'il a
apris de ses Ancêtres.
D. *Quels sont ces dix Commandemens ?*
R. Les voici :

Tes intérêts tu garderas & atti-
reras parfaitement,

B

Dieu en vain tu jureras, pour affirmer un faux ſerment.

L'argent d'autrui tu n'épargne-ras, ni ſon honneur pareillement.

Le bien d'autrui tu ne rendras, & garderas à ton eſcient.

Faux témoignages tu diras, & mentiras adroitement.

L'œuvre des mains tu n'oublie-ras, pour dérober finement.

Les biens d'autrui tu connoîtras pour les avoir injuſtement.

L'œuvre de chair tu deſireras, & accompliras avec le tems.

Des œuvres de Miſéricordes du Normand.

D. Cambien le Normand a-t'il d'œu-vres de miſéricorde ?

R. Sept, ſçavoir ; trahiſon, flâte-rie, gourmandiſe, larcin, menſon-ge, envie & impoſture.

D. Si le Normand n'obſerve ces dix Commandemens, & ne fait ces œuvres

de miséricordes, qu'en sera-t'il?
R. Il contreviendra aux maximes
& aux inclinations de la Nation
Normanique, & aux habitudes
naturelles de ses Ancêtres, & mérite d'être estimé honnête homme.
D. *Si tout ce que nous venons de dire*
est vrai, on ne peut avoir de confian-
ce au Normand?
R. Nullement du monde ; car,
enfin, confiez vous en lui, il vous
trahit ; loüez le, il vous méprise,
il vous adore ; & après tout c'est
un Lion à ceux qui le craignent,
& une vraie poule aux généreux.

Je prie Dieu qu'il inspire au
Lecteur des sentimens contraires
aux pensées de ce Catechisme.

F I N.

CHANSON DES NORMANDS,
Sur l'Air des Pendus.

OR écoutez petits & grands,
Le Catéchisme des Normands,
Peuple connu de notre France,
Par la Chicanne & la Potence ;
C'est la double inclination
de cette noble Nation.

Mais si-tôt qu'un Normand est né,
A la mort est-il condamné ? (*Oui*)
Mais sa mort est un mystere,
Il ne rentre point dans la terre,
Il meurt plus glorieusement,
En montant vers le Firmament.

Qu'entendez vous par ce discours ?
Est-ce qu'ils ont l'Ame à rebours ? (*Non*)
J'entens que dans la Normandie,
On ne fait point cas de leur vie ;
Car plus de cinq cens il est clair,
Que les trois quarts meurent en l'air.

Pour un trépas si glorieux,
Quel Théâtre est le plus fameux ?
Domfront jadis eut cette gloire,
Est plus d'un Normand, dit l'histoire,
A deux heures on y pendit,
Qui n'étoit venu qu'à midi.

Un Titre si bien apuyé,
S'est-il toûjours bien conservé ? (*Oui*)
C'est toûjours pour leur usage
Que tout le païs se partage,
Entre ces deux métiers si beaux,
Des Cordiers & des Bourreaux.

F I N.

DISCOURS

ET

ENTRETIENS

BACHIQUES.

BACHUS est aimable,

Son Empire est doux,

Amans miserables,

Que ne cherchez-vous,

Les plaisirs de Table,

Souvent avec vous.

BONUM VINUM
lætificat cor Hominis.

LE BON VIN RÉJOUIT
LE COEUR DE L'HOMME.

Ce sont les paroles du Prophète Royal David.

IL me semble entendre, mes chers Auditeurs, la voix de quelque malheureux Bûveur d'eau, qui vient avec une mine refrognée, & un visage sévére, me dire avec emphase, que : *Vinum & muliero posita se faciunt sapientes* : Que le Vin aussi bien que la Femme, est la perte du corps, la rüine des sens, & la damnation de l'ame : Pour moi je lui répons avec vive raison, que s'il avoit l'esprit assez éclairé & une lumiere assez intelligible, je lui ferois bientôt comprendre le sens de ce passage de cette Sentence, dont il est parlé, en lui découvrant que c'est de cette méchante Femme que le Diable suscita à Job pour le ser-

sécuter, & de ce méchant Vin de malédiction que Dieu donnoit à boire aux ennemis
de son peuple ; de méchant Vin, dir-je,
dont il est parlé dans le Deutéronome : *Uva*
eorum, uva fellit, fel draconum Vinum eorum.
Que les grains de leurs raisins ressemblent
aux grains de fiels, & leurs Vins au fiel des
Dragons : En effet, y a t'il rien qui mette la
sapience du Sage à une plus forte épreuve
qu'un méchant Vin ? Mais s'il y a du Vin
qui soit capable de le faire enrager, c'est ce
Vin de punition, ce Vin de Bretegni.

Mais non pas ce Jus merveilleux de ces
charmantes côtes, liqueur si agréable que la
seconde chaleur de soleil produit, dont Dieu
fit promesse aux Justes d'entre les peuples,
lorsqu'il dit : *Preparabo illis Vinum delicio-*
sum : je leur donnerai à boire d'un Vin dé-
licieux. Laissons donc, MESSIEURS,
laissons murmurer les homme critiques,
sans apréhender leurs surprises, les foudres
& anathêmes que ces bouches impies pro-
noncent contre nous, retombent sur leurs
têtes, & puisqu'ils refusent d'être partici-
pans de cette récompense, c'est à-dire de
boire de ce Vin que le Ciel nous envoye
pour réjoüir nos cœurs. *Vinum letificat cor*
Hominis : Si ces paroles, MESSIEURS,
quoique mal à propos, vous donnent de
l'effroi ayez recours à ce même Vin, qui
fait le plaisir de la vie.

Où est-il ce maudit Bûveur d'eau ?
Où est-il, que je fois son bourreau ?
Où est ce malheureux critique,
Qui fait passer le Vin pour un poison ?

Achemet & Soliman, versez dans les Sciences, & terribles dans la Guerre, ont toûjours soutenu, en se mocquant des preceptes de leur Prophête Mahomet, que c'étoit se rendre miserable dans cette vie, se faire un enfer de ce monde, & se donner un avant goût de la mort, que de se priver de cette liqueur admirable. En effet, MESSIEURS, c'est joüer le le personnage de Tantale, que d'être au milieu des Tonneaux, sans gouter du jus dont ils sont remplis ; & je suis persuadé, MESSIEURS, qu'il n'y a rien de plus ami de l'homme que le Vin : *Bonum Vinum letificat cor hominis ?* c'est ce qu'a très bien remarqué Bruno dans la seconde, lorsqu'il dit : *Vinum mortem pellet,* que le Vin chasse la mort : & l'illustre Cataloman, dont le mérite nous est si connu, faisant reflexion sur la vie infâme de ce miserable Mahomet, qui défend le Vin à ses Sectateurs, le nomme : *Verax animarum instrumentum diabolicum ;* cet impie sçavoit bien que *in vino veritas,* & qu'aussitôt que ces pauvres miserables auroient goûté de cette agréable liqueur, ils se sa-

roient defillé les yeux, & auroient dit avec
ces miferables enfans : *Ecce quàm, bonum,
& quàm jucundum, bibere fratres in unum.*
Ha ! quel plaifir de voir des Freres boire en-
femble ; l'excellence du Vin , fa néceffité,
& le bon ufage qu'on en doit faire font les
trois Reflexions qui partageront ce difcours,
& feront la matiere de vos plus férieufes
attentions.

PREMIERE REFLEXION.

L'Excellence d'une chofe fe tire ordinai-
rement de deux principes : Le premier
de la caufe , & le fecond de fes effets. Il en
eft de même du Vin ; car foit que nous le
regardions dans fa caufe , nous trouverons
que *Omnis arbor bona bonos fructus facit.*
Tout bon arbre produit de bon fruit , foit
que nous le regardions dans les efforts, nous
ferons convaincus de la même vérité : Y
a t'il eû de tout tems une Plante plus re-
commandable que la Vigne , à laquelle
Nôtre Seigneur , après avoir fait compa-
raifon d'une bonne Femme à la Vigne, dit
ces paroles : *Uxor tua ficut vitis abundans.*
La Femme reffemble à une Vigne abondan-
te ; il a bien voulu lui-même fe comparer
avec elle , quand il dit : *Ego fum vitis, &*
vos palmites. Je fuis la Vigne , & vous êtes
le Sarment : & comme il eft écrit en faint

Matthieu, chap. 10. Ce ne font point les ronces ni les épines que produifent le Raifin : *Nunquid de fpinis colligunt Uvas*, la plus grande vertu de la Femme, tirée de la Généfe, eft de planter la Vigne, *& de fructu manuum plantabit Vineas*, & du fruit de fes mains elle plantera la Vigne, Proverbe affez clair : Noé le grand Patriarhe a rendu fon nom beaucoup plus célébre & plus fameux à la poftérité par l'invention de culture de la Vigne : Ce bienheureux Pere n'a-t'il pas trouvé cette Pierre Philofophale que nos Chimiftes ont cherché fi inutilement, quand il nous a découvert la fource miraculeufe de ce Jus agréable que nous voyons fi naturellement croître dans nos côtes, & de fon origine, & par tous fes effets, vous ferez convaincus de la même vérité, & avoüerez franchement que *Bonum Vinum lætificat cor hominis*, le bon Vin réjouit le cœur de l'homme. L'homme abattu, c'eft la confolation de fes afflictions, & fon réconfort dans fes matieres ; c'eft un reméde a fes playes ; *Infundens cûm oleo Vinum & alligans vulnera*, en mettant un peu de Vin avec un peu d'huile, il en fait un onguent & un apareil aux playes des bleffez ; il eft ennemi de la corruption ; c'eft lui qui fait germer les Vignes ; *Vinum germinans vineas*, en confervant en lui une chaleur féconde. Il en est de même jusque dans la vérité qu'on y découvre : *in Vino veritas*. C'est en lui que nos Poëtes ont trouvé leurs entousiasmes ; c'est chez lui que nos Devins ont pris leur humeur *Deum cresce & questu*, qu'ils ont voulu figurer par le Nectar & l'Ambrosie, si ce n'est l'excellent Vin de Frontignan, de Canarie, de la Côte de S. Laurent & d'Espagne, qui se bûvoient à la table de leurs Rois, qu'ils qualifient de leurs Dieux : Quand je dirois qu'on en boit même dans le Ciel, comme s'il n'y avoit point de félicité parfaite sans le Vin. Qu'est-il besoin de tant d'exemples pour nous convaincre, lorsque j'ai l'expérience en main ; Je vous conjure tous de renouveller & par ce renouvellement exemplaire, je finis cette premiere Reflexion en bûvans ce verre de Vin.

II. REFLEXION.

La nécessité d'un usage se tire principalement de la fin pour laquelle elle a été créée ; pour les effets du Vin que je viens de vous faire remarquer dans ma premiere Reflexion : ne faut-il pas infailliblement de la vigueur qui est entierement necessaire dans les Familles ? c'est par sa vertu que nos Guerriers conservent ces Vignes, qui les font combattre avec tant d'audace & de générosité

nérosité. Ont ils bû ce Jus, les plus laches y trouvent de la générosité; & c'est ce qui a fait donner fort à propos cette belle épithéte, *Vinum genérosum*, Vin généreux; & c'est par ce moyen que nos François ne conservent pas seulement nos Frontieres; mais les étendent de jour en jour au de là des mers. Je passe outre & acheve de vous prouver sa nécessité par deux considerations. La premiere, parce que son abondance a toûjours été une bénédiction sur son peuple. La seconde, par une oposition contraire à sa disette, qui a toûjours été une malédiction sur les pécheurs, dans les exemples de cette premiere consideration, nous trouverons qu'au passage d'Israël dans la Terre promise: *Vinum de Egypto transtulisti ejecisti gentes & plantasti eam.* Vous avez chassé les Nations, vou avez emporté la Vigne d'Egypte,& vous l'avez plantée. La premiere marque que Dieu donna pour faire voir la bonté de la Terre à ceux qu'il envoyoit en ce païs, ce fut de leur faire rencontrer une grape de Raisin, qu'à peine deux hommes pouvoient porter. Heureux climats! mais encore plus heureux habitans. Dans les exemples de l'ancienne Loi, nous trouvons le beau miracle que Dieu fit aux Nôces de Cana en Galilée lorsqu'il changea l'eau en Vin. Que reste-t'il donc, MESSIEURS, pour vous convaincre dans la vérité du Vin;

sinon les étonnemens où se trouverent les bons Religieux de l'Abbaye du Noirmontier de Clerveaux, lorsqu'ils se trouvérent sans Vin, & s'entre regardoient, & dirent comme les Apôtres : *Quid bibimus*. Qu'est-ce que nous boirons; C'est l'étonnement où nous nous trouverions presentement mes chers Auditeurs, si la froidure avoit fait geler nos Vignes l'année derniere ; vous n'en auriez pas presentement une goute pour nous aider à prendre patience, & moi à mettre fin à ce discours.

III. REFLEXION.

C'Est suivre l'intention de Dieu , notre bon Maître, que d'employer les choses aux usages pour lesquelles elles ont été créées, le Vin est fait pour boire , & ce seroit s'oposer aux Oracles du Ciel, que de n'en pas boire. *Produxit fœneum jumentis , & vinum lætificaret cor hominis.* Le Seigneur a produit le foin pour les bêtes, & le Vin pour réjouïr le cœur de l'homme. Approchez donc, visages pâles , mines refrognées , bûveurs d'eau : Pouvez-vous bien persister dans vos malignes erreurs? Je vous ai fait voir l'excellence du Vin par des argumens irréprochables ? je vous ai fait voir sa néceffité par des preuves convainquantes, & vous ne vous condamnerez pas : Dieu en a bû , les Justes en ont bû , & vous n'en

voulez pas boire, & Dieu en a enyvré la
terre : *Visitasti terram & inebriasti eam* :
Vous avez visité la terre & l'avez enyvrée.
Allez, visages pâles, retirez vous : Les visages à rouges trognes sont des actions vi-
sibles ; la rose peinte sur leurs visages, découvre la sincerité de leurs cœurs ; & vos
visages pâles découvrent & témoignent un
cœur bourrelé. *Adversum me loquebantur
qui sedebant in porta, & psallebant qui bibe-
bant vinum* : Ceux qui étoient assis inutiles
sur le pas de leurs portes, machinoient contre moi ; & ceux qui bûvoient du Vin,
chantoient mes loüanges. Allons, Confreres de la Bouteille, buvons & ne nous eny-
vrons pas, tout nous y convie, l'excellence
du Vin, & sur tout la bonne volonté de
Dieu qui nous la donne pour en faire un
bon usage, & pour ce sujet disons l'Oraison
comprise au premier Pseaume ; *Deus virtu-
tum converte, respice de cælo, vide & visi-
ta Vineum illam quam plantavit dexteræ tua.*
Dieu des vertus, regardez du haut des
Cieux, & visitez cette Vigne que vous avez
plantée, à ceux qui boiront de cette aimable liqueur, pour chanter vos loüanges. Je
vous prie donc, MESSIEURS, de boire
de ce Jus qui nous donnera de la joye, du
plaisir en ce jour, & du repos cette nuit,
que je vous souhaite.

AIR BACHIQUE.

Bacchus affis fur un poiçon,   bis.
Voulut remontrer la leçon,   bis.
Aux enfans de la Bouteille,
Dont le livre étoit un gros flacon,
Ils chantoient à merveille,
En difant , bon , bon, que le Vin eft bon.
    Le petit enfant de Vénus,   bis.
Croyant être le bien reçû :   bis.
Mais Bacchus tout encolére ,
Commence à maltraiter ce petit fripon,
Le renvoyant vers fa mere ,
En touchant deffus à coups de flacon ,
    Alors ce petit Cupidon ,   bis.
Demeura fot comme un oifon ,   bis.
S'en retournant chez fa mere ,
Difant c'eft Bacchus qui m'a maltraité,
Entrant dans fon Ecole ,
Pour n'avoir pas voulu trinquer.
    Si je retourne dorénavant ,   bis.
Je deviendrai bien fçavant ,   bis.
Je trinquerai comme un drôle ,
Je tiendrai mon carquois pour avoir un jam
     bon ,
En entrant dans fon Ecole ,
Je dirai , bon , bon , que le Vin eft bon.

F I N.

PRIVILEGE

DES ENFANS

SANS SOUCY,

Qui donne Lettre Patente à Madame la Comtesse de Gosier-sallé, à Monsieur de Bricquerazade, pour aller & venir par-tout les Vignobles de France, avec le Cordon de leurs Ordres.

BAcchus, par grace du destin, Empereur des Enfans sans soucy, Prince de Gosier brûlant, Comte de bois sans fin, Marquis de

A

l'altération , de l'haleine vineuse , & de haut appetit ,
Commandeur absolu & uni-
versel sur les Vignobles de
Bacarat , Reims , Ay, Tessé,
Chablis, Tonnerre, Beaune,
Vermanton, Langond, Cou-
lange , Costerotie, l'Hermi-
tage , Cahors , Medoc, Gra-
ve , Saint Emillion , la Palû,
Capberton , Saint Laurent,
Frontignon, Malvoisie, Canarie, Madere , Port en Port
& autres , que le Soleil é-
claire sous la vaste & étenduë
des Cieux.

A tous passez , presens &
avenir , SALUT , ayant re-
marquéque le plus sûr moïen
de maintenir notre Monar-
chie Bachique , étoit d'é-

tablir en différens endroits de notre Empire, des Ordres composées de plusieurs sortes de Dignitez , pour récompenser ceux de nos sujets qui auront été les plus fidèles, & les plus attachez aux interrêts de notre trogne vineuse, afin qu'en leur donnant par ce moyen espérance d'être un jour récompensés sur des services qu'ils nous aurons rendus , nous puissions les exciter à la pratique de la vertu qui se trouve parmi les pots & les verres , que nous avons toûjours possedé à un si sublime dégré.

A ces causes , ayant fait mettre cette affaire en délibération sur notre table , &

après avoir bien bû en la compagnie de notre ancien ami l'yvrogne, Silence & les Bachantes, nos cheres Nourrices, de leurs avis & de leurs consentemens, nous avons créé, établi, créons & établissons par ces presentes perpétuelles & irrévocables, un ordre général, sous le titre de l'ordre du Tonneau que nous voulons réserver à notre personne d'un Chancelier, d'un Secrétaire, de quatre Commandeurs & de quatre Chanceliers, lesquels Officiers cy-dessus créés & établis à perpétuité, joüiront de tous les priviléges, prérogatives, immunités, franchises & exemptions bachique, même du droit de Bourgeoisie , dans tous les Cabarets , lieux de bonne chere de notre o-béïſſance , où nous voulons qu'ils ſoient reçûs gratis, ſans qu'on les en puiſſe chaſſer ſous quelque cauſe que ce puiſſe être , à la charge tou-tesfois que tous les aſpirans auſdits Offices & Dignités ſeront tenus de faire preuve de leurs capacitez dans l'e-xercice de la Vandange , en bûvant chacun vingt-cinq razades , le jour qu'ils vou-dront être admis dans toutes les dignités deſdites char-ges , à la réſerve toutesfois de notre chere & bien aimée la Comteſſe de Goſier ſallé , que nous avons gratifié de la charge de Chancelier de notre ordre, & de notre bon yvrogne Biguerazade, à ce que nous avons auſſi donné celle de Secrétaire du même ordre, leſquels en conſidération des ſervices qu'ils nous ont rendus en pluſieurs occaſions, & de la certitude que nous avons de leurs capacités, auſſi de bien boire, nous les avons déchargé de toutes preuves à faire pour parvenir à la poſſeſſion deſdites deux dignités de Chancelier & de Secrétaire, & tous leſdits Officiers reléveront de la Comteſſe de Goſier-ſallé notre Chanceliere, & feront tenus de prendre d'elle le cordon de notre or-

dre, & des Lettres Patentes ,
signez & contre-signez par
Briguerazade son Secrétaire ,
pour ce qui concerne les af-
faires dudit ordre , qu'ils se-
ront tenuë de porter à perpétuité, sous peine d'être décla-
rés incapables de fréquenter
jamais nos assemblées Bachiques, & d'y être traitez comme infracteurs de nos ordres
rebelles à notre état ; défendons à tous lesdits Officiers
de boire de leur vie goutte
d'eau , de manger aucune
sorte de confiture , fruits
laitages, ni autres choses ca-
pables de préjudicier à nos
intérêts , en ce que toutes ces
choses peuvent empêcher la
soif ; défendons semblable-

ment de répandre jamais goutte de vin , si méchant qu'il puisse être, de casser verres , bouteilles ni flacons , & enjoignons de faire toûjours ruby-sur-longle , après avoir bû , de manger force cervelats , fromages , persils , harans-forets, force jambons de Mayence, sauciffons de Boulogne , cuiffes d'oyes , gorges de Porc, & généralement tout ce qui pourra procurer l'altération , sur-tout de ne point oublier à mettre dans leurs sauffes nos chers amis , le Marquis de la Poivrade , & le Baron de Saliniers, partout comme nos plus intimes bien-faicteurs.

Poura partout notredite Chan-

Chancellerie pourvoir qui bon lui semblera desdits Officiers de l'ordre qui porteront toutesfois les noms suivans : Sçavoir , le premier des Commandeurs s'appelle Long-boyau , le second, Roquillard , le troisiéme , Bois sans façon , & le quatriéme , Delagoinfreriere.

Les Chevaliers , le premier s'apellera Longue-haleine , le second, Large-avaloire, le troisiéme , prêt à trinquer , & le quatriéme , gosier-coulant, & tous lesdits Officiers & Chevaliers, par elle pourvûs , joüiront des Privileges ci-dessus spécifiez , sans trouble ni empêchement , car ainſi nous l'avons réſolu & ordonné.

Si donnons en mandement à tous les confreres de la Jubilation , & gens tenant nos ſiéges Bachiques, Cabarets, Tavernes, Tabagies & autres qu'il apartiendra , de tenir chacun en droit la main à l'exécution des préſentes , ſans diminution ni augmentation que ce puiſſe être , à peine de ne boire que de la lie , du vin de Bric : car tel eſt notre plaiſir. Donné en notre Conſeil, ſur le cul d'un tonneau , dans notre cave impériale , après être bien ſous , ſignez Bacchus, Dieu des vandanges, Silenne, & ſur les replis, cher bouchon.

La Comtesse de Gosier-
sallé, garde des bouteilles, protectrice de l'université vineuse, & Chanceliere de l'ordre Bachique, du tonneau, salut : Nous étant en-
tierement fait informer de la capacité de notre bon ami, le sieur de Chif-le-Museau, & lui ayant trouvé toutes les qualités requises pour être de l'ordre excellent du tonneau, après avoir de lui pris & reçù le serment prévû, préalable-
ment fait dessous l'expérien-
ce au fait Bachique, nous l'avons pourvû de la dignité de Commandeur de Bois-
sans-façons, pour en joüir sa vie durante sans trouble ni empêchement, pour mar-

que de quoi nous lui avons
accordé le Cordon de l'ordre du tonneau , en lui enjoi-
gnant d'obſerver les Statuts ,
Réglemens , & Priviléges
portés par ladite création dudit ordre , de la part du ſou-
verain Bacchus , à peine d'ê-
tre dégradé & déclaré indi-
gne de poſſéder ladite dignité , & comme tel , être déchû
du bénéfice de ces préſentes ,
auſquelles nous avons grif-
fonné notre ſigne , aprés y
avoir fait apoſer le cachet
de nos Armes. Donné en notre Hôtel de la Halle au Vin,
& moi preſente à moitié gri-
ſe , la Comteſſe de Goſier-
ſallé.

Avec Permiſſion.